Chanda
AND THE MIRROR OF MOONLIGHT

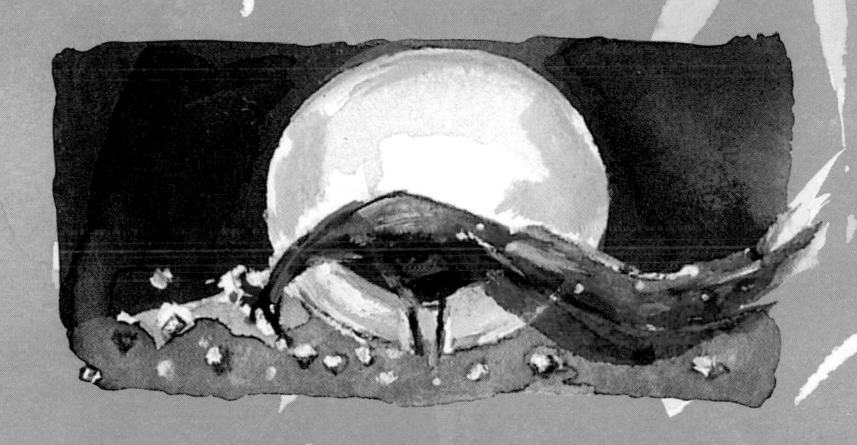

MARGARET BATESON HILL

Illustrated by
KARIN LITTLEWOOD

Consultant
ASHA KATHORIA

बहुत समय पहले एक आदमी शीशे बनाता था। उसके काम से उसे नाम भी मिला और पैसा भी। तो भी यह सोच कर वह बहुत उदास हो जाता कि शीशे सुंदर तो थे पर ऐसा लगता कि वह उस संसार को दिखाते जो निर्दयी व बदसूरत है। वह सोचने लगा - काश वह एक ऐसा शीशा बना पाए जो एक ऐसा चेहरा दिखाए जिसका दिल सच्चा व प्रेम से भरा हो। बहुत समय तक उसने पुरानी किताबें पढ़ी तब उसे पता चला कि शीशा कैसे बनाया जाए। अन्त में गर्मी के मौसम की एक रात शीशे का एक छोटा सा टुकड़ा ले कर वह बाहर आया। ऊपर आकाश में चन्द्रमा चुपचाप नीचे धरती को देख रहा था। शीशा बनाने वाले ने शीशा धरती पर रखा और इन्तज़ार करने लगा। धीरे-धीरे चन्द्रमा ने अपनी चमकती चान्दनी से शीशे को नहला दिया। बूढ़े आदमी को लगा कि कहीं दूर से रात के आकाश मे कोमल शब्दों की फुसफुसाहट हो रही है:

चुपचाप चन्द्रमा की कोमल व चमकती
चान्दनी में नहाए घेरे
मुझे प्रेम व शुद्धता का प्रतीक दिखा ऐसा चेहरा
जो सफल रहे कैसी भी हो परीक्षा

कांपते हाथों से उसने आगे बढ़ कर शीशा उठाया जो छोटे से हल्की रोशनी के चन्द्रमा की तरह जगमगा रहा था। बड़े घ्यान से उसने उसे रेशमी कपड़े में लपेटा ओर धीरे धीरे अपने घर की ओर चल दिया।

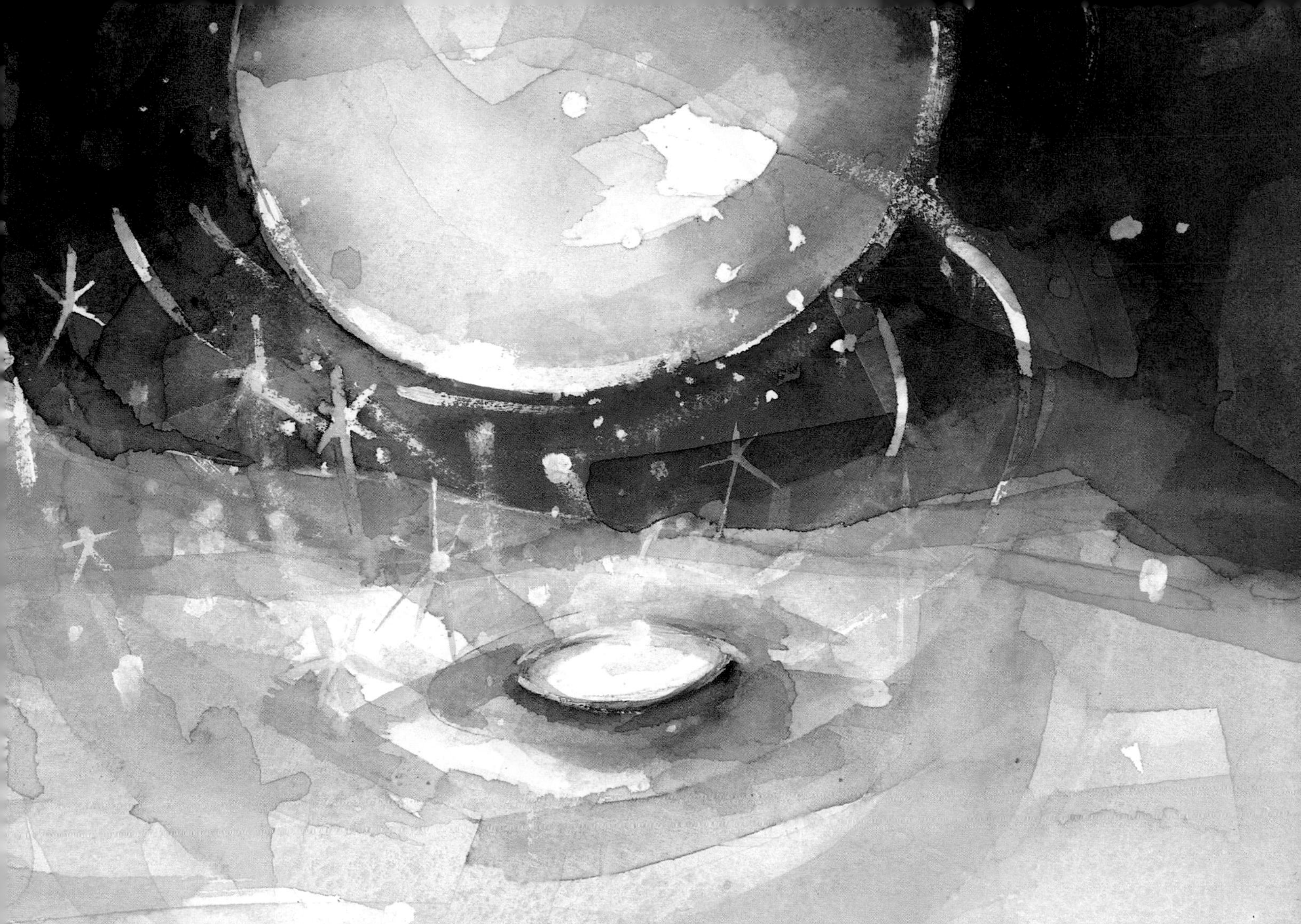

There was once a man who made mirrors. His work had brought him fame and wealth, but it also filled him with great sadness – for although his mirrors were beautiful, the world they reflected seemed so cruel and ugly. He began to wonder if he could make a mirror that would only reflect the true and loving heart.

For a long time he studied many old and ancient books until he found out how to make such a mirror. Finally, one night in the middle of summer he crept out with a small piece of glass. High in the sky the silent moon watched over the earth below. The mirror-maker placed the glass on the ground and waited.

Slowly, the moon bathed the glass in a silver radiance, and from far away the old man seemed to hear soft words whispered into the night sky.

Circle of silver, bathed in light
From the silent moon, so soft and bright
Show me the face of one loving and pure,
The heart that can many trials endure.

With trembling hands he stepped forward to pick up his glass that now lay shimmering like a small, pale moon. Carefully he wrapped it in a piece of silk, and walked slowly home.

राजस्थान के प्रान्त में एक कुलीन आदमी अपनी पत्नी व बेटी चन्दा के साथ रहता था। वे एक दूसरे से बहुत प्रेम करते ओर आपस में बहुत खुश थे। जब चन्दा बड़ी हो रही थी तो उसके माता - पिता ने उसे अपने परिवार की परम्पराएं व कलाएं सिखायीं। अपनी अनुभवी माँ से सीखने पर वह सिलाई व अपने कपड़ों को सजाने वाली कढ़ाई में होशियार हो गयी।

एक दिन माँ बीमार हो गयी। कोई भी दवाई उसे ठीक ना कर पायी। हर तरह से कोशिश करने पर भी पिता व बेटी देखते ही रह गए ओर उसकी हालत ख़राब होती चली गयी। एक सन्ध्या माँ ने बेटी को अपने पास बुलाया-

"चन्दा, मेरी बेटी, अपनी मौत से पहले मैं तुम्हे एक उपहार देना चाहती हूं जो मेरे बाद तुम्हे राह दिखायेगा।यह एक जादू का शीशा है जो मेरे परिवार में पीढ़ियों से एक दूसरे को दिया जाता है। इसमें मुश्किल से मिलने वाली एक ऐसी कीमती ताकत है, जिससे ऐसा चेहरा ही दिखाता है, जो प्रेम करने वाला ओर सच्चा हो ।यह वही शीशा है जिसमे तुम्हारे पिता ने पहली बार मेरा चेहरा देखा था - यही हमारे यहां विवाह की रीति है।"

उसने अपने तकिए के नीचे से रेशमी पोटली निकाली ओर अपनी बेटी के हाथ में दे दी "यह सदा तुम्हें मेरी याद दिलाए!" उसका काम पूरा हुआ। यह कहते ही उसने सदा के लिए अपनी आँखे बन्द कर ली ।

IN THE PROVINCE of Rajasthan lived a nobleman with his wife and their daughter, Chanda. They loved each other and were happy together. As Chanda grew, her parents taught her the traditions and skills of her family. Under her mother's expert eye, Chanda became especially accomplished in sewing the beautiful embroideries that adorned their clothes.

Then, one day, the mother fell sick. No medicine could cure this illness, and despite all their efforts the father and daughter could only watch as she grew steadily worse.

One evening the mother called her daughter to her bedside. "Chanda, dear daughter, before I die I want to give you a gift to guide you when I am gone. It is a magical mirror that has been passed down my family from generation to generation. It has the rare and precious power of only reflecting a true and loving heart. It is the mirror in which your father first saw my face – as is the marriage custom of our family."

She took a silken bundle from under her pillow and pressed it into Chanda's hands. "Let it always remind you of me." Then she closed her eyes for the last time.

BOTH FATHER AND DAUGHTER were heartbroken at the mother's death, but life goes on and before a year had passed, the noble married a beautiful widow with a daughter the same age as Chanda. It was a marriage he soon regretted, for the pair were lazy and selfish.

Time went by and Chanda and her stepsister grew up. Although they were not true sisters, they were very alike in appearance, however there the likeness ended. Chanda was gentle and kind and skilled with a needle and thread, whilst her stepsister was spiteful and lazy and refused to sew a single stitch. And so it was that the stepmother and stepsister hated Chanda.

The loveless marriage left Chanda's father a mere shadow of his former self. He resigned from his position at the palace. Finally he fell ill and died. After this Chanda was little more than a servant to the two women who were her only family. Apart from her memories, all she had to remind her of her parents was her mother's mirror, which she was careful to keep safely hidden.

पिता एवं बेटी का माँ के देहान्त से, दिल टूट गया पर जीवन तो चलता रहता है। अभी एक साल भी नही हुआ था कि उस कुलीन आदमी ने एक सुन्दर विधवा, जिसकी बेटी चन्दा की आयु की थी, से विवाह कर लिया। वह एक ऐसा बेमेल विवाह था, जिसके लिए वह बहुत पछताया क्योंकि वे दोनो ही आलसी व स्वार्थी थीं।

समय बीतता गया और चन्दा व उसकी सौतेली बहन बड़ी हो गयीं। हांला कि वे सगी बहनें नहीं थीं पर देखने में दोनों एक जैसी दिखती। बस इतनी ही समानता थी दोनों में। जहां चन्दा कोमल दिल की व दयालु थी और सिलाई - कढाई में होशियार, वहां सौतेली बहन दुष्ट स्वभाव की व आलसी थी और सुई में धागा तक डालने को तैयार नहीं थी। इसी कारण से सौतेली माँ व सौतेली बहन चन्दा से घृणा करतीं।

बिना प्रेम के जीवन के कारण चन्दा का पिता अपने ही जीवन की परछाई-सी बन कर रह गया। उसने राजघराने के कामों से छुट्टी कर ली। अन्त में वह बीमार हुआ और उसका देहान्त हो गया। उसके बाद चन्दा जिन्हें परिवार समझती, उन दोनो के लिए वह नौकर से रती भर ही अधिक थी। अपनी यादों के इलावा, अपने माता-पिता की याद दिलाने वाला, उसकी माँ का शीशा था जिसे उसने घ्यान से सुरक्षित जगह पर छिपा कर रखा था।

As soon as her many chores were completed Chanda would run off to escape the spiteful words and endless beatings. Often she would sit by the river and sew. If she was especially lonely, she would take out her mirror and, because it reminded her of her mother, she would talk to it.

One day, as Chanda was sitting by the river, she heard a strange cry. She looked up and saw a peacock. One of its feet was trapped in the roots of a banyan tree. It was calling out in distress so Chanda tried to disentangle its foot.

"Here, let me," came a voice from behind her. A pair of old, strong hands released the bird's foot. Chanda turned around to see a very old woman smiling at her.

"That bird is always getting into trouble," she laughed. "But he won't forget that you tried to help him – and neither will I, for an act of kindness never goes unnoticed."

After this Chanda would often visit the banyan tree by the river to talk to the old woman, who listened to her with an understanding and caring heart.

घर के ढेर-से कामों को समाप्त कर, तानें भरे शब्दों व बहुत मारपीट से बचने, चन्दा कहीं दूर निकल जाती। प्राय: वह नदी किनारे बैठ कर सिलाई करती। यदि वह बहुत अकेलापन महसूस करती तो माँ की याद दिलाने वाले शीशे को निकाल लेती और उससे बातें करती।

एक दिन चन्दा नदी किनारे बैठी थी कि उसने अजीब-सी रोने की आवाज सुनी। उसने ऊपर देखा तो एक मोर था। बरगद के पेड़ की जड़ में उसका पैर फंस गया था। वह दर्द से दु:खी होकर चीख़ रहा था। चन्दा उसका पैर छुड़ाने की कोशिश करने लगी।

"मुझे करने दो ।" उसके पीछे से एक आवाज आयी। दो बूढ़े, दृढ़ और मजबूत हाथों ने पक्षी के पैर को छुड़ा दिया। चन्दा ने पीछे मुड़ कर देखा तो एक बहुत बूढ़ी औरत मुस्करा रही थी।

"यह पक्षी हमेशा ही किसी मुश्किल में फंस जाता है'', वह हंसी, "पर वह भूलेगा नहीं कि तुमने उसकी मदद करने की कोशिश की थी और मैं भी नहीं भूलूंगी क्योंकि नेकी का कोई भी काम बेकार नहीं जाता।''

उसके बाद चन्दा अकसर नदी किनारे उस बरगद के पेड़ के पास उस बूढ़ी औरत से बातें करने के लिए जाती। वह दयालु औरत चन्दा की दु:खभरी बातें दिल से और सहानुभूति के साथ सुनती।

घर के काम करने के लिए चन्दा हमेशा ही दिन चढ़ने से पहले ही उठ जाती। उसकी बहन छल कपट से घर के कामों को और भी मुश्किल कर देती। वह बिना शिकायत कठिन मेहनत करती, उस पर भी सौतेली माँ कहती कि वह बेकार की जीव है जिसे दयालु दिल होने के कारण उसने अपने घर रखा हुआ है। एक दिन चन्दा अपनी सिलाई का काम समाप्त करने ही वाली थी कि उसकी सौतेली माँ उसके पास आयी। उसके हाथ से वह कुशलता से बनाया कपड़ा छीनते हुए कहा, "हम बाज़ार जा रहे हैं। जब हम सन्ध्या में लौटें तो हमारे लिए दाल व चावल तैय्यार होने चाहिएं।" सौतेली बहन ने चन्दा के हाथ में पतीला पकड़ाया, "देखो ! तुमने लापरवाही से ज़ीरा और धनिया के बीज मिला दिए हैं। हमारे लौटने से पहले इन्हें अलग-अलग कर देना।" जब वह बाहर जा रही थी तो चन्दा को उनकी हंसी सुनायी दी क्योंकि वे जानती थीं कि इस के लिए चन्दा की सारी दोपहर निकल जाएगी।

ठंडी आह भरते हुए उसने शीशे को निकाला और पूछा, "ओह शीशे, मैं ज़ीरा और धनिया के बीज अलग-अलग कैसे करुं?"

अचानक वह हंसने लगी। मोर उस शीशे में दिखाई दे रहा था। यह कहां से आया ? वह मुड़ी और मोर को पतीले की ओर मुड़ते हुए देखती रह गयी। घ्यान से वह धनिया के बीज चुन कर एक कटोरे में डालने लगा। यह काम समाप्त करते ही वह शान से अपनी राह चल पड़ा। चन्दा ने उसका धन्यवाद करके सन्ध्या के लिए भोजन तैय्यार किया। अब नदी किनारे सैर के लिए उसके पास समय था।

CHANDA ALWAYS got up before dawn to start her chores – chores made even more difficult by the spiteful tricks her stepsister would play on her. She worked hard and without complaint, yet still her stepmother called her a useless creature whom she kept in her home out of the kindness of her heart…

One day, just as Chanda was sitting down to finish some sewing, her stepmother came up to her. Snatching the carefully worked cloth from her hands she said, "We are going to the market. When we return this evening I expect our daal and rice to be ready."

The stepsister handed a cooking pot to Chanda, "I see you have carelessly mixed up the cumin with the coriander seeds. Separate them before we return!" Chanda could hear the pair of them laughing as they walked off. They knew the task would take all afternoon.

Sighing, she took out her mirror and asked, "Oh mirror, how do I separate the cumin from the coriander seeds?"

Suddenly she started to laugh. Reflected in the mirror was the peacock. Where had he come from? She turned round and watched as he walked over to the cooking pot.

Carefully he started to pick out the seeds of coriander which he dropped into a bowl. As soon as he had finished, he strutted off down the path. Chanda called her thanks, then finished her preparations for the evening meal. Now she was free to take a walk by the river.

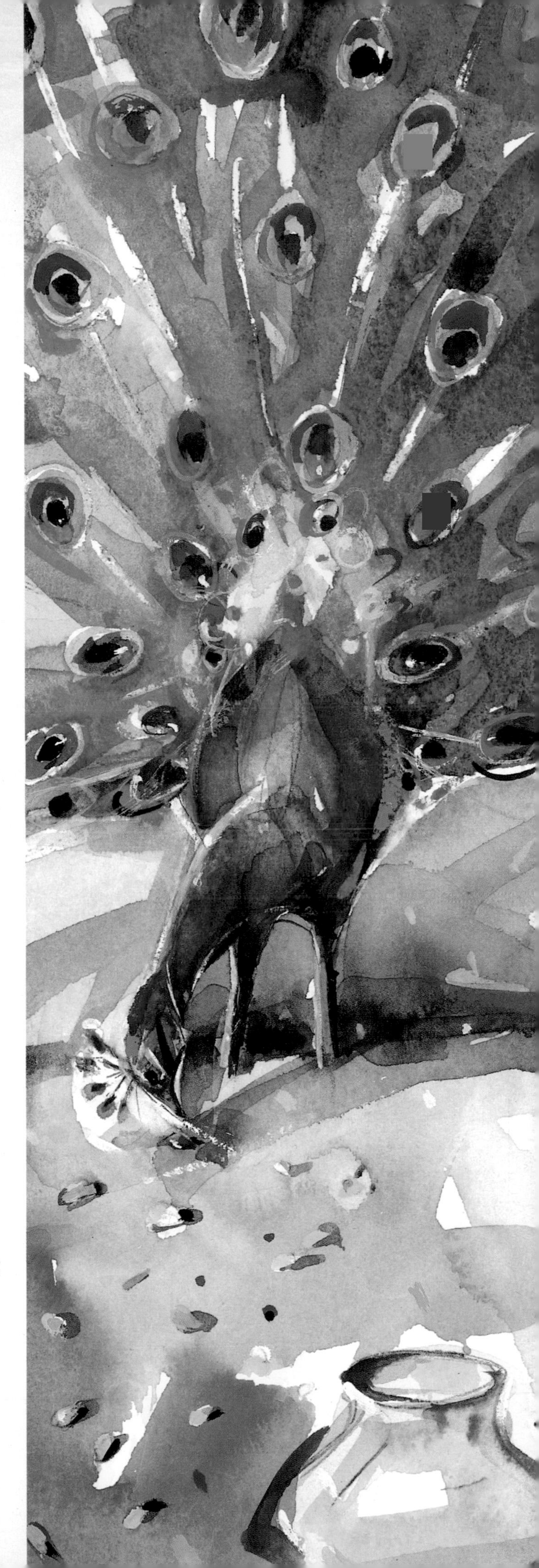

NOW IT SO HAPPENED that Chanda was not the only one who liked to wander by the river.

Whenever his duties permitted and he could escape the fawning attentions of his advisors, the prince of that district would change from his silken achkan into the plain clothes of a working man, slip out of the palace and go to the river.

He would climb up into the mighty branches of the banyan tree and there he would sit and dream of a simple life, where he could just be himself.

One late afternoon the prince was drifting in and out of sleep as he lay cradled in the tree, when suddenly he was woken by the flash of something bright shining on his face. He looked down through the leaves, trying to see what it was.

A girl was sitting under the tree. She was holding a mirror and seemed to be talking to it. He could tell from the sound of her sad, soft voice that she was close to tears. Just then she moved the mirror and suddenly he saw the reflection of her face staring up at him. He had never seen such gentleness and beauty in a face before.

चन्दा अकेली ही ऐसी नहीं थी जिसे नदी किनारे घूमना अच्छा लगता था। अपने कामों से छुट्टी पा और भौंहें चढ़ाए सलाहकारों से नज़र बचा कर उस प्रान्त का राजकुमार, अपने रेशमी अचकन की जगह साधारण नागरिक के कपड़े पहन, महल से दूर नदी किनारे चल देता। वह बरगद के पेड़ की भारी शिखाओं पर चढ कर बैठ जाता और साधारण जीवन, जहां उसे कोई ढोंग न करना पड़े, बिताने के सपने देखता।

एक दोपहर ढले राजकुमार नींद के झोंके लेता, पेड़ की डालों में लेटा हुआ था कि अचानक किसी बहुत रोशनी वाली चकाचौंध-चमक ने उसे जगा दिया। यह जानने के लिए कि वह क्या चीज़ है उसने पत्तों को हटा कर नीचे देखा। एक लड़की पेड़ के नीचे बैठी थी। उसके हाथ में शीशा था और ऐसा लगता था कि अपने आप से बातें कर रही थी। उसके उदास और कोमल स्वर से लगता था कि वह किसी पल भी रो पड़ेगी। तभी लड़की ने शीशे को घुमाया और उसमें दिखायी देता चेहरा जैसे उसे देख रहा था। ऐसी कोमलता व सुन्दरता उसने पहले कभी किसी चेहरे में नहीं देखी थी।

AT THE SAME MOMENT Chanda saw a handsome face smiling at her from the mirror. Looking up, she saw a young man sitting in the branches of the tree.

He called down to her, "Forgive me for disturbing you in your sorrow. Like you, I find comfort in the shelter of this tree." He started to climb down from the tree, but Chanda was shy, and by the time he reached the ground she had gone.

A few days later as Chanda was finishing her sewing she saw the peacock beckoning to her. She followed him to the banyan tree. Waiting under the tree was the young man she had seen in her mother's mirror.

He spoke gently to her, "Don't run away. I haven't been able to stop thinking about you since I saw your face in the mirror."

Hardly knowing why, Chanda found herself telling him about the power of the mirror, "And now it has shown me your face," she added shyly.

After that, they spent many an afternoon together in the shade of the tree. They talked of many things, and as they talked they fell in love. Beneath its mighty branches the prince asked Chanda for her hand in marriage. Still unaware that he was a prince (for to young lovers, such things are unimportant) Chanda accepted with a joyful heart and added, "Take my mirror. When you next see my face reflected there it will be as your bride – as is the custom of my family."

उसी समय चन्दा ने शीशे में उसकी ओर मुस्सकराता एक सुन्दर चेहरा देखा। ऊपर देखा तो एक नौजवान पेड़ की शिखाओं में बैठा था। उसने तभी उसे देख कर कहा, "मैं तुम्हारे दु:ख में रुकावट डालने के लिए क्षमा चाहता हूं। तुम्हारी तरह मुझे भी इस पेड़ की शरण में सुख मिलता है।" वह पेड़ से नीचे उतरने लगा पर चन्दा शर्मीली थी और जब तक वह नीचे उतरा वह जा चुकी थी।

कुछ दिनों बाद चन्दा सिलाई का काम समाप्त कर ही रही थी कि उसने मोर को इशारे से बुलाते देखा।वह उसके पीछे बरगद के पेड़ तक गयी। जिस नौजवान को, उसने अपनी माँ के शीशे में देखा था, वह उसका इन्तज़ार कर रहा था। उसने नम्रता से कहा, "भाग मत जाना। मैंने जब से तुम्हारा चेहरा शीशे में देखा है-मैं तुम्हारे बारे में ही सोचता रहता हूं।" न जाने क्यों चन्दा शीशे की ताकत के बारे में सब कुछ बताती चली गयी। "और अब इसने मुझे तुम्हारा चेहरा दिखाया है।" शर्माते हुए बात आगे बढ़ाई।

पेड़ की छाया में वे कई दोपहरें इकट्ठे बैठे रहते। वे बहुत सी चीज़ों के बारे ढेर सी बातें करते और बातें करते करते उन्हें एक दूसरे से प्रेम हो गया। उनमें जो बातें हुई-उसका गवाह केवल बरगद का पेड़ था। उसकी भारी शाख़ाओं के नीचे राजकुमार ने चन्दा से, विवाह के लिए, उसका हाथ मांगा। यह न जानते हुए भी कि वह एक राजकुमार है (ऐसी बातें प्रेमी जनों के लिए कोई मतलब नही रखतीं) उसने खुशी से स्वीकार किया और कहा, "मेरा शीशा ले लो। अगली बार जब तुम इसमें मेरा चेहरा देखोगे, मैं तुम्हारी दुल्हन हूंगी- ऐसी मेरे परिवार की रीति है।"

अगले दिन चन्दा अपने सिलाई का काम कर रही थी जब सौतेली बहन घर में भागती हुई आयी-यह कहते हुए, “तुमने कुछ सुना - हमारे प्रान्त के राजकुमार ने हमारे ही गांव की एक लड़की को अपनी दुल्हन बनाने के लिए चुना है। न जाने वह कौन है ?”

“अच्छा !,” सौतेली माँ ने कहा, “यदि मेरा पति अपनी मृत्यु से पहले राजघराने में लौट जाता तो शायद वह दुल्हन तुम होती। पर क्या करें-वह तो बहुत स्वार्थी था।” चन्दा ने इसके विरोध में कुछ कहना शुरू ही किया था कि निकट आते घोड़ों की आवाज़ ने उसे चुप करा दिया। जल्दी ही तीन आदमी राजकीय पोषाक पहने, उनका दरवाज़ा खटखटा रहे थे। सौतेली माँ उनका स्वागत करने के लिए आगे बढ़ी। उन्होंने सिर झुकाते हुए कहा, “बीबी जी, हमें राजकुमार ने अपने विवाह के लिए, आपकी सौतेली बेटी चन्दा का हाथ मांगने के लिए हमें भेजा है।” तीनों औरतें हैरानी से देखती रह गयी पर सौतेली माँ ने सम्भलते हए कहा, “राजकुमार से कहना कि मुझे स्वीकार है। अब दोनो परिवार मिल कर तैयारियां करें।” यह सुन कर उन आदमियों ने सिर झुका कर बिदाई ली।

उनके जाते ही सौतेली माँ चन्दा की ओर मुड़ी। उसके चेहरे पर अजीब मुस्कान थी, “तुम्हारा विवाह राजकुमार से हो रहा है तो अभी से तैयारियां तो शुरू करनी होंगीं क्योंकि बहुत ही काम होंगे।”

अगले कुछ दिन तक चन्दा सपनों में डूबी रही। एक तो उसका प्रेमी राजकुमार था उस पर पहली बार सौतेली माँ का व्यवहार भी बहुत अच्छा था। तैयारियों में किसी तरह का खर्च करने में कमी नहीं की गयी पर चन्दा ने लंहगा-चोली व चुन्दरी पर कढ़ाई का काम स्वयं किया।

THE NEXT DAY Chanda's stepsister came home with the news that the prince was about to announce his betrothal. "Nobody knows who the bride is, but rumour says she is from our village!" The stepmother replied, "If my late husband had not turned his back on court life it could well have been you. But he was such a selfish man."

The sudden sound of approaching horses silenced Chanda's words of protest. Her stepmother went forward to welcome three men dressed in the rich and ornate robes of the court. They bowed low before her, "Madam, we have been sent by the prince to ask for the hand in marriage of your stepdaughter, Chanda."

All three women stared at the men in surprise, but it was the stepmother who regained her composure first. "Tell the prince that I give my consent. Let all necessary preparations be made between our families."

As soon as the men had gone the stepmother turned to Chanda. Her face wore a strange smile, "If you are to marry a prince we had better get to work. There is much to do."

For the next few days Chanda lived in a state of wonder. Not only was the man she loved a prince, but for the first time ever her stepmother was treating her with kindness. No expense was spared in the preparations, but Chanda herself embroidered her lahanga-blouse and wedding chundri as her mother had taught her to so long ago.

चन्दा के विवाह की सन्ध्या आ पहुंची थी। वह विवाह की विधि के लिए तैयार हो रही थी। उसने कलाईयों में पड़ी लाल चूड़ियों को छूआ तो चूड़ियां भी खुशी से झंकार कर उठी जैसे उसके दिल की खुशी की आवाज़ हो। वह विवाह के कपड़े पहनने गयी तो कहां थे लंहगा-चोली? और कहां थी चुन्दरी ?

अचानक उसकी सौतेली माँ उसके पास खड़ी थी। वह उसके कान में फुसफुसा रही थी, "तुम अभी तक तैय्यार नहीं हुई ? तुम्हारी बहन तो तैयार है - देखो !" चन्दा बहुत डरी हुई देखती रह गयी - उसकी सौतेली बहन दुल्हन बनी खड़ी थी।

"तुमने क्या सोचा कि मैं तुम्हें राजकुमार से विवाह करने दूंगी ? कोई भी नही जान पाएगा कि राजकुमार के साथ मेरी बेटी का विवाह हुआ है, तुम्हारा नहीं ! जब तक वे जान पाएंगे तो बहुत देर हो चुकी होगी। मैंने तब तक तुम्हें दूर भेजने का इन्तज़ाम कर लिया है जब तक विवाह की विधि पूरी नहीं हो जाती।"

चन्दा को लगा कि कोई कठोर हाथों से उसे सिर से पकड़ कर खींचते हुए घर के पिछवाड़े ले गया। तब राजकुमार की बारात के पहुंचने की ध्वनि भर सुनाई दी बस उसके बाद अन्धकार था और थी चुप्पी।

AS THE EVENING of Chanda's wedding approached, she began to prepare herself for the ceremony. Carefully she slid her red bridal bangles onto her arm. They tinkled with a joy that matched the joy of Chanda's own heart. Then she went to get dressed – but where was her lahanga-blouse? Where was her chundri?

Suddenly there was her stepmother standing at her side, whispering in her ear, "Aren't you dressed yet? Your stepsister is – look!" Chanda could only stare in horror – her stepsister was dressed as the bride!

"Did you think I would let you marry the prince? No one will know until it is too late that it is my daughter who has married the prince and not you. I have arranged for you to be taken elsewhere until the ceremony is over."

Chanda felt rough hands place something over her head and drag her out of the back of the house. The last thing she heard was the sounds of the prince's wedding procession arriving. Then there was only darkness and silence.

THE CEREMONY BEGAN. The prince watched as his bride walked slowly towards him. Although she was elaborately dressed the prince noticed that she was not wearing the red bangles of a bride. Hardly knowing why, he drew out the mirror that Chanda had given him. He held it up to the bride standing before him. The mirror was empty. With a sudden shock, he realised that the girl standing before him could not be Chanda! The look on the prince's face told the stepsister that she had been discovered. In her anger, she snatched the mirror out of his hands and threw it to the floor. The glass smashed into hundreds of tiny pieces. Dragging her mother behind her, the stepsister turned and fled. They were never seen again.

Everyone stood in silence, too shocked to move. Then suddenly the prince pulled off his wedding scarf and threw it to the ground. Jumping onto his horse, he called back to his bewildered guests, "There will be no wedding until I find my true bride. Her name is Chanda."

विवाह की विधि शुरू हुई। राजकुमार ने देखा कि दुल्हन धीरे-धीरे उसकी ओर आ रही थी। घ्यान से कपड़े-गहनों से सजी होने पर भी उसने विवाह की लाल चूड़ियां नहीं पहन रखी थी। राजकुमार ने बिना जाने, चन्दा द्वारा दिया शीशा निकाला। उसने शीशे को सामने खड़ी दुल्हन की ओर किया। शीशा खाली था। अचानक शोकाकुल हो उठा। राजकुमार जान गया कि जो लड़की उसके सामने खड़ी है - वह चन्दा नहीं है। उसके देखने के ढंग से सौतेली बहन समझ गयी कि उसका भेद खुल गया है। क्रोध में उसने शीशा उसके हाथ से खींच कर ज़मीन पर पटक दिया। शीशे के सैंकड़े छोटे - छोटे टुकड़े हो गए। अपनी माँ को खींचती हुई सौतेली बहन मुड़ी और भाग खड़ी हुई। किसी ने उन्हें फिर कभी नही देखा।

सभी चुपचाप शोक में हैरान खड़े रह गए।अचानक राजकुमार ने अपने विवाह का दुपट्टा उतार कर ज़मीन पर फैंक दिया। घोड़े पर सवार होते हुए उसने अपने व्यग्र मेहमानों से कहा, "तब तक यह विवाह नहीं होगा जब तक मुझे अपनी असली दुल्हन नहीं मिल जाती। उसका नाम चन्दा है।"

AS NIGHT FELL, all was still and quiet. Then, something moved – the peacock stepped out of the shadows. He saw the fragments of broken mirror glittering in a pool of silver moonlight. Carefully he picked up each piece and dropped it onto the prince's scarf which lay discarded on the ground. His task complete, the peacock picked up the scarf and disappeared into the stillness of the night.

Just before daybreak Chanda was freed from her prison. Not knowing where to go she wandered down to the river, to the great banyan tree where she had first seen the prince. At the memory of his smiling eyes, tears filled her own. Would she ever see him again? Above her the tree stood, tall and strong with its great branches reaching out as if to welcome her. Overcome with the tears of grief, she sank down into the great labyrinth of roots. And yet Chanda was not completely alone or forgotten. As she sat there, she heard the familiar tap of a beak striking the ground. Looking up, she saw the peacock peering at her round the trunk of the tree. He came and dropped a silken bundle into her lap. Chanda could only stare in wonder. Here was the prince's own scarf. Carefully, she unfolded the silken material and saw the small twinkling lights of tiny pieces of mirror – her mirror.

Chanda looked up to see the kind smiling face of her dear friend, the old woman, watching her. She took Chanda home and looked after her as if she were her own daughter.

रात हो गयी सब तरफ मौन व चुप्पी थी। बस एक चीज़ थी जो अन्धेरे में छिपी हिल-जुल रही थी। मोर उस छाया से बाहर निकला। उसने चान्दनी के तालाब में चमकते हुए शीशे के टुकड़े देखे। घ्यान से उसने हरेक टुकड़े को उठाया और ज़मीन पर पड़े राजकुमार के फैंके हुए दुपट्टे पर रख दिए। उसका काम पूरा हुआ। मोर ने दुपट्टा उठाया और रात के मौन में गायब हो गया।

दिन निकलने से पहले चन्दा कारावास से छोड़ दी गयी। कोई जाने का ठिकाना न होने के कारण चन्दा नदी किनारे, बरगद के पेड़ के नीचे, जहां उसने राजकुमार को पहली बार देखा था, घूमने लगी। उसके मुस्कराते नयन याद करके उसकी आंखे भर आयी - क्या वह कभी उसे देख पाएगी ? ऊपर लम्बा व मज़बूत बरगद का पेड़ अपनी विशाल शाखाओं के साथ जैसे बाहें फैलाए उसका स्वागत कर रहा था। शोक भरे आसूओं पर काबू पा कर वह पेड़ की जड़ों के भंवर में डूब सी गयी। तो भी चन्दा बिल्कुल अकेली व भुलायी गयी नहीं थी। वह वहां बैठी ही थी कि उसे जानी पहचानी, धरती पर चोंच मारने की आवाज़ सुनाई दी। ऊपर सिर उठाने पर उसने देखा कि पेड़ के धड़ के पीछे से मोर उसे देख रहा था। उसने आ कर एक रेशमी पोटली उसकी गोद में डाल दी। चन्दा आश्चर्य से देखती रह गयी। वह तो राजकुमार का दुपट्टा था। घ्यान से उसने उस रेशमी कपड़े को फैला कर देखा कि शीशे के - उसके अपने शीशे के छोटे छोटे टुकड़ों की छोटी-छोटी झिलमिलाती रोशनियां।चन्दा ने उपर देखा तो उसकी प्रिय सहेली बूढ़ी औरत का उपकारी मुस्कराता चेहरा उसे देख रहा था। वह चन्दा को अपने घर ले गयी और उसकी ऐसे देखभाल की जैसे वह उसकी अपनी ही बेटी हो।

राजकुमार ने चन्दा के लिए दूर दूर तक खोज की पर उसका कहीं भी पता नहीं चला। वह निराश हो गया। एक सन्ध्या वह, अपने खोए प्रेम की याद में, महल के बाग़ में घूम रहा था। ऊपर आकाश में मौन चन्द्रमा धरती को देख रहा था। धीरे धीरे चन्द्रमा ने राजकुमार को अपनी चमकती चांदनी में नहला दिया और रात के आकाश में, कहीं दूर से, उसे कोमल शब्दों की फुसफुसाहट सुनायी दी-

चुपचाप चन्द्रमा की कोमल व चमकती
चान्दनी में नहाये घेरे
मुझे प्रेम व शुद्धता का प्रतीक दिखा ऐसा चेहरा
जो सफल रहे कैसी भी हो परीक्षा

चुंधियाने वाली चमक ने चेहरे पर आ कर राजकुमार को सपनों से जगा दिया। उसने आखें खोली तो वहां एक मोर को रुक रुक कर चलते देखा। वह प्रकाश की चमक उस पक्षी के रेशमी दुपट्टे से आ रही थी जो वह अपनी चोंच में थामे था। मोर राजकुमार के पास आया और दुपट्टा उसके पैरों में रख दिया। यह तो उसका अपना दुपट्टा था। राजकुमार ने जैसे ही उस दुपट्टे को अपने हाथ में लिया - वह हैरानी से देखता रह गया। उस पर छोटे - छोटे शीशों की कशीदाकारी बहुत सुन्दरता से की गयी थी - हरेक शीशा चान्दनी में चमक रहा था और हरेक शीशे में चन्दा का चेहरा दिखाई दे रहा था। राजकुमार ने दुपट्टे से नज़र हटा कर कहा, “ पक्षी, क्या तुम मुझे चन्दा के पास ले जाओगे ? तुम जहां भी ले जाओगे, मैं तुम्हारे पीछे पीछे आऊंगा।”

THE PRINCE SEARCHED far and wide for Chanda, but she was nowhere to be found. He was in despair. One evening, as he was dreaming of his lost love, he wandered out into the palace gardens. High in the sky the silent moon watched over the earth below. Slowly the moonlight bathed the prince in a silver radiance and from far away he seemed to hear soft words whispered into the night sky.

Circle of silver, bathed in light
From the silent moon, so soft and bright
Show me the face of one loving and pure,
The heart that can many trials endure.

A flash of something bright glinting on his face awoke the prince from his dreams. He opened his eyes and saw a peacock strutting along the path. The glints of light were coming from a long, silken scarf that the bird was holding in his beak.

The peacock approached the prince and dropped the scarf at his feet. It was his own wedding scarf! As the prince held it in his hands, he gazed in wonder. It was exquisitely embroidered with tiny mirrors, each one shining and sparkling in the moonlight – and reflected from each of the tiny mirrors was Chanda's face.

The prince looked up from the scarf. "Bird, will you take me to Chanda? I will follow wherever you lead me."

WHEN THE PRINCE followed the peacock out of the darkness of the trees, he saw the river softly reflecting the silver radiance of the moon. Nearby stood the banyan tree and, sitting cradled among its roots, her face shining with love, was Chanda.

Chanda married the prince. Their wedding feast lasted for seven days and seven nights and during that time the tale of the magical mirror was told. The prince himself wore the wedding scarf, embroidered with the slips of silver mirror, their reflected light still showing the loving beautiful face of Chanda. All this happened a long time ago, but I know it is true because the peacock himself told me so.

पेड़ों के अन्धेरे से निकल कर राजकुमार जैसे ही बाहर आया तो उसने देखा चन्द्रमा की चान्दनी धीरे - धीरे बहती नदी में झलक रही थी। पास में ही बरगद का पेड़ था और उसकी जड़ों में झूलती बैठी थी चन्दा जिसका चेहरा प्रीत व प्रेम से चमक रहा था।

चन्दा का विवाह राजकुमार से हो गया। सात दिन व सात रातों तक उनके विवाह के प्रीतिभोज चलते रहे। उस समय जादू के शीशे की कहानी सुनायी गयी। राजकुमार ने शीशे के टुकड़ों से सजा वह विवाह का दुपट्टा पहना। शीशों के झलकते प्रकाश में चन्दा का प्यार करने वाला सुन्दर चेहरा चमक रहा था। यह सब बहुत समय पहले हुआ था। मुझे पता है कि यह सब सच है क्योंकि स्वयं मोर ने मुझे यह सब बताया है।

Mirror Work

THE BEAUTIFUL, embroidered textiles of India and Pakistan are often decorated with mirrors, sequins and golden threads. The small mirrors *(shisha)* can be bought from shops that specialise in Asian textiles, but for an easy project, why not decorate a T-shirt by simply sewing sequins around the neck and sleeves. Sequins are available in all sorts of shapes, sizes and colours.

For a more ambitious project, you could embroider a silk scarf like the one Chanda made for her prince. Use a glittery thread and sequins. Simple stitches like running stitch and cross stitch are very effective. If you can get some *shisha,* you can sew them on (or glue them, though they may not stay on as long or may come off if you wash the scarf). You can also use *shisha* to make lovely belts or bracelets.

Trees, flowers and birds, especially peacocks (the symbol of the bridegroom) are popular motifs in Indian art. Paint your design and then add sequins and glitter.

Picture frames, containers, boxes and mirrors can all be brightened up by decorating them with small mirrors or sequins and make lovely presents.

Hindi

MORE THAN 100 languages and dialects are spoken in India. Hindi is the most widely spoken language with more than 480 million people speaking it. Hindi is the first or second language of a further 52 million people in the rest of the world.

Hindi script is derived from the ancient Indian language Sanskrit. The language first began to appear in the 7th century CE. In Hindi, the name *Chanda* means 'beautiful like the moon', *daal* means lentils, *achkan* means a long jacket and *chundri* means veil or scarf.

Hindi is phonetic – that means each different sound is represented by letters or characters. There are 59 characters: including 10 vowels, 33 consonants and 16 other letters.

Can you find these words in the story:

Peacock **मोर** Mirror **शीशा** Chanda **चन्दा**

To Steph, for raising my awareness, MBH
For Jamie, KL

Hindi Text by Asha Kathoria

Publisher: Anna McQuinn
Art Director: Tim Foster
Senior Editor: Simona Sideri
Publishing Assistant: Vikram Parashar

First published in Great Britain in 2001 by Zero To Ten Limited
327 High Street, Slough, Berkshire, SL1 1TX

A CIP catalogue record for this book is available from the British Library.

ISBN 1-84089-183-1

Printed in Hong Kong